Título original en gallego: **Ovos duros**

© del texto	Marisa Núñez 2007
© de las ilustraciones	Teresa Lima 2007
© de la traducción	Marisa Núñez 2007
© de esta edición	OQO Editora 2007
Alemaña 72	36162 PONTEVEDRA
Tfno. 986 109 270	Fax 986 109 356
OQO@OQO.es	www.OQO.es
Diseño	Oqomania
Impresión	Tilgráfica
Primera edición	marzo 2007
ISBN	978.84.96788.17.6
DL	PO.127.07

Marisa Núñez,
a partir de un cuento tradicional

Huevos duros

Ilustraciones de Teresa Lima

OQO EDITORA

Érase una vez un pobre carbonero
que tenía dos hijas.

La mayor se avergonzaba de su padre
porque siempre andaba sucio y mal vestido.
Para disimular su pobreza,
se pasaba los días presumiendo
y mirándose al espejo.

La pequeña se ocupaba de la casa,
sin importarle su condición.
Era conocida por su inteligencia:
podía entender las palabras más enrevesadas
y resolver complicados enigmas.

El rey, amante de enigmas y adivinanzas,
había heredado el trono siendo joven
y se comportaba de modo caprichoso.
A menudo sometía a sus súbditos
a pruebas que debían resolver
si no querían ser castigados.

Un día los reunió a todos y les dijo:
– **Tengo un árbol con doce ramas;**
  cada rama tiene treinta hojas;
  cada hoja, dos caras.
  Si en siete días
  no acertáis el valor de mi árbol,
  iréis al calabozo.

Cuando ya se cumplía la fecha fijada
para resolver el enigma,
el carbonero se lo planteó a sus hijas.

 Entonces la pequeña dijo:
 – ¡No hay nada más fácil!

Y le dio a su padre la solución.

Al día siguiente,
el rey hizo comparecer a sus súbditos.

El grupo de condenados aumentaba sin parar.

Cuando llegó el turno del carbonero,
el rey, burlándose de su aspecto, le preguntó:
– **¿Y tú has descubierto algo?**
– **Señor, pienso que el árbol vale un año;**
 las ramas son los meses;
 las hojas, los días…

Sin dejarlo terminar, el rey exclamó:
– **¡Te has salvado!**
 Pero no irás a decirme
 que lo has resuelto tú solo.

El carbonero no se atrevió a mentir:
– **Me ha ayudado una joven…**

Entonces el rey se arrancó un pelo y le dijo:
– **Pues dale esto,**
 y que me haga una camisa de seda
 para mañana.

El pobre carbonero
volvió a casa cabizbajo.
Su hija lo tranquilizó:
– ¡No te apures, padre!

Arrancó una astilla de la escoba,
y le dijo:
– Que el rey busque un carpintero
  que haga con esta madera
  un telar para tejer su camisa.

El rey escuchó con admiración al carbonero,
y dijo:

– **¡Quiero conocer a esa joven!**
Que venga a palacio…
ni a pie ni a caballo,
ni desnuda ni vestida,
ni con regalos ni con las manos vacías.

El carbonero volvió a casa destrozado.
Pero su hija volvió a calmarlo:

– ¡No te preocupes!
  Tráeme una liebre
  y una paloma.

A la mañana siguiente,
la joven se quitó la ropa,
se echó encima una red,
tomó en sus manos la paloma,
se sentó a lomos de la liebre
y se fue a palacio.

El rey salió a su encuentro
y la muchacha ofreció la paloma al monarca;
pero cuando este tendió la mano,
la paloma echó a volar.

El rey mandó llamar al carbonero:
– **¿Quién es esa joven?**
  ¡Quiero casarme con ella!

El pobre carbonero tartamudeó:
– **Majestad… ¡es mi hija!**
  No querrá casarse con la hija de un…
– **¿Y por qué no?**
  Le daré el valor de mi árbol
  para que se prepare.
  Dentro de doce meses,
  mis hombres irán a buscarla.

El carbonero,
pensando que aquello
no era más que un capricho de rey,
acabó por olvidarlo.

Pero un año después,
los emisarios reales salieron de palacio
con una caravana cargada de valiosos regalos.

El monarca había insistido:
**– Escuchad bien lo que os diga la joven,
y venid a contármelo
palabra por palabra.**

Por el camino,
al ver que los regalos eran tantos,
los emisarios se reservaron una parte para ellos.

Cuando llegaron,
en casa solo estaban las hijas del carbonero.

La pequeña se apresuró a recibirlos,
y los emisarios preguntaron:
– **¿Dónde está vuestro padre?**
– **Fue a echar agua en el agua.**
– **¿Y vuestra madre?**
– **Fue a ver lo nunca visto.**

Los emisarios no entendieron nada,
pero se esforzaron en recordar
lo que acababan de oír.

El padre y la madre,
que habían olvidado la promesa del rey,
se quedaron muy sorprendidos
al entrar en casa;
pero, como la comida estaba preparada,
se sentaron a la mesa.

Antes de servir el pollo,
la hija pequeña del carbonero
lo cortó en pedazos:
a su padre le dio la cabeza;
a su madre, el lomo;
a su hermana, las alas;
a los emisarios, las patas;
y para ella reservó el corazón.

Llegado el momento de despedirse,
la muchacha se dirigió
al jefe de los emisarios:
– **Comunicadle al rey**
 mi agradecimiento,
 y decidle
 que al cielo le faltan estrellas,
 al mar, agua,
 y plumas a la paloma.

Los mensajeros hicieron el camino de regreso,
repitiendo aquellas palabras
para no olvidarlas.

El rey los recibió impaciente,
y ellos contaron con detalle:

– **Cuando preguntamos por su padre,**
   dijo que había ido a poner agua en el agua;
   y su madre, a ver lo nunca visto.
– **Claro!** -dijo el rey-.
   Ella fue a asistir a una mujer en el parto.
   Él, a desviar el agua del río
   para mover el molino;
   el agua, cuando sale,
   vuelve al río.

Después le contaron
lo del pollo.

– ¡Buen reparto!
  Al padre, cabeza
  porque es el cabeza de familia;
  a la madre, lomo
  porque lleva el peso de la casa;
  a la hermana, alas
  porque un día se irá;
  a vosotros, patas
  porque a patas habéis hecho el viaje.
  Y para ella, el corazón…
  -murmuró el rey, pensativo.

Los hombres del rey
estaban contentos
porque la futura reina
no había notado
ninguna falta en los regalos.

El mensajero jefe concluyó:

– **Antes de despedirnos,**
  ordenó repetiros esto:
  Al cielo le faltan estrellas;
  al mar, agua;
  y plumas a la paloma.
– **¡Miserables!** -gritó el rey-.
  ¿Qué habéis hecho con los regalos?
  Arrancando el esmalte de las joyas
  habéis quitado estrellas a su cielo.
  Robando los perfumes,
  habéis sacado agua al mar.
  Apropiándoos de tejidos de oro y seda,
  ¡habéis desplumado a mi paloma!

Los criados, arrepentidos,
se arrodillaron; y el rey exclamó:

– **¡Fuera!**
  No quiero empañar con castigos
  el recuerdo de este día.

Poco después, se celebró la boda.

Las fiestas duraron siete días y siete noches.

El rey estaba loco de alegría
por tener a su lado a una mujer
a quien hablar en clave
y proponer enigmas;
pero también entendió
que podía ser superior a él,
y le advirtió:
– **Jamás admitiré que tu palabra**
quede por encima de la mía.
Si esto llega a suceder,
ese será tu último día en palacio.
¡Te irás para no volver!

Una tarde,
la reina salió a tomar el fresco a la azotea
y oyó a dos forasteros en la calle.

– **Hace un año estaba muerto de hambre
y sin un real** -contaba uno-.
**En la posada me fiaron la cena.
Hoy he ido a pagar la deuda
y, por seis huevos duros,
me han cobrado seis mil reales.**

Entonces he ido al tribunal del rey,
pero el posadero ha dicho que
si una gallina hubiese incubado los huevos,
tendría seis hermosos pollos
con los que habría podido ganar ese dinero.
¡El rey le ha dado la razón!

Mientras el hombre contaba,
el corazón de la reina se indignaba
ante aquella injusticia.

Entonces, en un silencio,
se acercó a la barandilla:
– **No has sabido defender tu causa,**
  pero no está todo perdido…

Los hombres levantaron la cabeza
para saber de donde venía la voz,
y no vieron a nadie.

– **Mañana volverás al tribunal…**
  -dijo la rcina.

Y dio instrucciones de lo que debía decir
ante el rey y sus consejeros.

Al día siguiente,
el forastero se presentó en palacio.

En cuanto el rey lo vio,
le preguntó extrañado:
– ¿Tú, otra vez?
  Ya he juzgado tu caso ayer.
– Majestad, vengo por otro asunto:
  he plantado en el huerto
  una lata de habas cocidas,
  y alguien ha cortado
  mis hermosas plantas.

El rey se dirigió a sus consejeros:
– ¡Este piensa que somos tontos!
  ¿Desde cuando de habas cocidas
  brotan hermosas plantas?

El hombre se arrodilló ante el rey,
implorando justicia:
– Señor, ¿acaso de huevos duros
  no salen estupendos pollos?

El rey,
como si se despertara de un mal sueño,
se pasó la mano por la frente:
– **Tienes razón, pero…**
   ¿por qué no te defendiste ayer?
– **Es que esta noche**
   me ha inspirado una voz del cielo.
– **¿Dónde estabas?**

El hombre dijo que la voz
parecía salir de una azotea de la plaza,
lo que confirmó los temores del rey:
solo una mujer
podía inventar algo tan ingenioso.

Mandó que devolviesen al forastero
el dinero injustamente pagado
y volvió a sus aposentos.

La reina esperaba al rey,
impaciente por saber qué había pasado.

– **He mandado
que devolviesen su dinero al forastero...**
– **Eres un rey justo** -dijo la reina-.
Finalmente, has solucionado el caso.
– **¡Es la solución, pero no el final!**
-sentenció el rey-.
**¿Has olvidado
lo que te dije hace tiempo?**

Un frío helado
atravesó el corazón de la reina.

– *La primera vez que tu palabra
quede por encima de la mía,
saldrás de palacio...*
**Pues ese día ha llegado,
así que elige lo que más quieras
¡y lárgate!**

La reina
trató de suavizar la cólera del rey,
¡aunque fue en vano!
Y al fin dijo:
– **Mañana me marcharé,**
  pero concédeme el honor
  de cenar conmigo esta noche.

El rey aceptó;
y la reina, con sus criadas,
se afanó en preparar la última cena
que iba a compartir en los aposentos reales.

Al llegar la noche,
los monarcas se sentaron a la mesa.

Ante ellos comenzaron a desfilar platos,
a cada cual más rico y refinado.

Al cabo de un rato,
el rey empezó a sentir la cabeza pesada;
apenas podía mantener los ojos abiertos
y acabó desplomándose sobre la mesa.

Las criadas no mostraron sorpresa;
avisadas por la reina,
habían vertido un potente somnífero
en la bebida del rey.

La reina
mandó encerrar a su esposo en un baúl,
y poner el resto en grandes cofres.

Al alba,
la caravana salió de palacio hacia una casa
que la reina había comprado
en los alrededores.

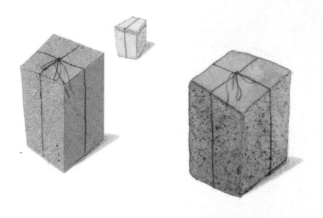

Al llegar,
las criadas descargaron los bultos;
y la reina mandó transportar
el preciado baúl a su habitación.

Giró la llave en la cerradura
y levantó la tapa.

El rey, al sentir el aire,
comenzó a desperezarse;
el efecto del somnífero llegaba a su fin:
 – **¿Dónde estoy?**
   -dijo, mirando alrededor.
 – **En mi nueva casa**
   -contestó la reina, ayudándolo a salir.
 – **¿Y por qué estoy contigo?**
   -se inquietó el rey.
 – **Me has ordenado dejar el palacio,**
   pero me has dejado traer
   lo que más quisiera,
   ¿no es cierto?
   Pues, de todo lo que tenía en palacio,
   tú eres lo que yo más quería.

El rey,
viendo que su mujer
había vuelto a ganarle la partida,
se quedó mudo con aquella declaración.

Los monarcas,
seguidos por un largo cortejo,
volvieron a palacio.

Desde entonces,
el rey fue más humilde
y no dudó en pedir consejo a su esposa.

Rey y reina
pasaron muchos días felices…
hasta el final de sus vidas.